والحب اليقين

اليقين والحب	:	كتاب
نجوى رضوان	:	اسم المؤلف
رواية	:	نوع العمل
46 صفحة	:	عدد الصفحات
هبة إبراهيم	:	غلاف
فريدة أشرف	:	تدقيق
مريم محمد سيد	:	إخراج فني
2023/17239	:	رقم إيداع
978-977-86863-0-2	:	ترقيم دولي I.S.B.N

نبض القمة للترجمة

جمهورية مصر العربية _ القاهرة

مدير الدار: أ/ وليد عاطف حسني

موبايل: 01116058384

الميل: nabdalqima@gmail.com

اليقين والحب

نجوى رضوان

المقدمة

ما هذا الشّوق الثّائر المتمرِّد على قَلْبِي وعقلِي..

وهذا الحبُّ الصّادق يتأجج من جمر اصْطباري وشَكْوى فَراقِي..

وهذه الحروف والكلمات تهتزُ لخفقان نبضي وصريخ أوجاعي..

لا أحسب منها كم مضى، ولا كم تبقَّى في حساب العمر من نصيب الدّموع والضّحكات، وفصول أفراحي وأحزاني..

وبين حنايا الصّدر قد تربَّعت التنهدات من أعماقي، وتخنق أنفاسي وصرخات قلبي..

وتصدر تَأُوُّهاتي وأنّاتي مَشْحونة بالنَّحيب على ضياع أحبابي..

للكاتبة/ نجوى رضوان

الجزء الأول

أحبُ شروق الشمس، كلَّما شعَرت بضِيق رفَعت نظري إلى السمَاء وأستشعر اتّساع السَماء وزُرقتها وبيَاض الغيوم وجريانها.. فأدركت أنّ الذي خلق السَماء باتّساعِها والغيُوم التي تجري بأمره لا يُعجزه شيء، فأمري بيده وحده وأن الله يجمعنا بمَن نحب ويفرقنا بمَن لا نريد فراقهم، ولكني أرفض فكرة الفراق وأعتبرها فترة سفر وسنلتقي بهم يوماً ما..

لآخر يوم في عمري يا حبيبي لم أتغير ولم تتغير نظرة الحب بعيني وآخر كلماتك لي قبل الفراق ما زالت كالنغم الرنان في أذني..

تدور هذه الكلمات في عقلي كل يوم، في كل صباح عند شروق الشمس وأنا أنظر خلف زجاج نافذتي المطلّة على البحر، أرى الأمواج تعلو موجة فوق موجة.. وبجواري على المنضدة المجاورة للنافذة فنجان من القهوة أمسكه بيدي وأرتشف القهوة وأنا واقفة وراء النافذة، وكأني على يقين أنك ستعود وأراك مثلما رأيتك أول مرة، كنت أنتظر المعجزة في زمن انتهت فيه المعجزات، وأتذكر الماضي وكأنه لم يمضي أبدًا وأحاديثي مع البحر الذي لا تنتهي..

حين أقف أمامك أيُّها البحر العاشِقُ لأحاديثي حين أُناجيك..

خلف هذه الأمواج أُبصِر أسرارًا أقوى من صمودي وثورتي وشموخي..

وفي أعماقك أيُّها البحر تسكن روحي الثّانية، تخبرني عن صدى أيَّامي التي مضَتْ، ومَضَيْتُ والخُطى مُثْقَلَة..

وأنا بين مِدِّها وجزرها صابرةُ على ما كان بالأمس وما يكونُ غدًا، وعند الفراق يتجدد أمل اللقاء..

حين تقرأني.. أشعر بمتعة السَّرد ولذَّة الإسهاب في الحَكُي والكلام.

أنا جميلة، سوف أروي لكم قصتي، وكم مررت من صعاب وكم تحملت وكان دافعي الأول والأخير هو الحب..

كل يوم أصحو باكراً وأقف خلف نافذتي الزجاجية لأرى شروق الشمس وأشعة الشمس تتدلى على موج البحر وكأنها ستائر من نور، وفي يدي فنجان قهوتي وأظل هكذا فترة طويلة ولا أشعر بالضجر أو بالملل من رؤية البحر.. أقف لأحادث البحر بالساعات وبعد ذلك ألملم كتبي الجامعية وأذهب إلى الجامعة..

كنت متفوقة في دراستي وكنت محبوبة من أصدقائي والكل يحب التقرب مني، ولكن رغم هذا لم يكن لي سوى صديقة واحدة وابن عمي مصطفى وهو يدرس معي في نفس الصف الجامعي ويجلس بجواري أيضًا هو وصديقتي سارة، كنا نتقاسم أنا وهما الضحكات والمذاكرة، كنت أشعر دائمًا أن مصطفى يكنُّ لي شعورًا داخله ولكنه لم يصارحني أبدًا، لكن أفعاله وتصرفاته معي كانت توحي لي بذلك ولكني لم أشعر تجاهه سوى بالأخوة وأنه ابن عمي فقط..

في يوم صحوت من نومي كعادتي مبكرًا، وقفت خلف نافذتي وفي يدي فنجان قهوتي، وفي هذا اليوم أطلُت الوقوف وأنا أنظر لجمال وروعة أمواج البحر..

لكن لفت انتباهي أن شاب وسيم ذو جسد رياضي كان يجري على البحر هو وكلبه، نظرت إليه كثيرًا ولم أستطع أن أبعد نظري عنه..

ظللت فترة طويلة واقفة وراء النافذة وكأنني أشعر أنه سيكون لي قصة مع هذا الشاب، وبعد أن غاب عن نظري أخذت كتبي

وذهبت إلى الجامعة، وأنا في طريقي قابلت صديقتي سارة وذهبنا سوياً إلى المدرج الجامعي..

انتهى يومي كالعادة وعُدت إلى منزلي، وجدت أمي في المطبخ تحضر الغداء وأخي أحمد يجلس أمام التلفاز، حكيت لأمي عن يومي في الجامعة وهذه كانت عادة عندي أن أجلس بجوار أمي وأحكي لها كل شيء أفعله أنا وأصدقائي، أنهيت طعامي مع أمي وأحمد ودخلت غرفتي للمذاكرة حتى غلبني النوم وذهبت إلى السرير ونمت نومًا عميقًا..

كالعادة صحوت مبكراً لأرى نور الشمس وجمال الصبح المبهج، إذ بي أرى نفس الشاب الذي رأيته صباح أمس يجري على البحر وكلبه يجري بجواره وكأنهم في سباق، ووقفت فترة طويلة أنظر إلى هذا الشاب من خلف نافذتي.. استمر هذا المشهد لأيام وكل يوم يأتي هو وكلبه يتسابقان على شاطئ البحر وأنا أترقبهم كل صباح وكأنه مشهد يُعاد كل يوم، وفي أحد الأيام لم يأتي الشاب إلى الشاطئ..

ولكن ما حدث لا أعرف له تفسير حتى الآن، شعرت بالحزن الشديد، كما تملّكتني حالة من التشاؤم هذا اليوم ولم أستطع أن أضع الطعام في فمي..

جاء صباح اليوم التالي وتوقعت أنه سوف يأتي وأراه من خلف نافذتي، لكنه لم يأتي ووقفت فترة طويلة آملة أنه سيأتي ولكن خاب أملي ولم يأتي وتملّكني اليأس، نظرت لساعتي وجدت أني تأخرت على ميعاد الجامعة، لملمت كتبي وجريت نحو الشارع ولكن الباص فاتني، فما بي أجري لأركب الباص إذا بشاب يصطدم بي، كنت مستاءة وبصوت عالٍ قُلت له:

- انتبه، ألا ترى أمامك!

التفت نحوي وقال لي:

- أنتِ التي اصطدمتِ بي

لأرفع رأسي إذا به نفس الشاب الذي أراه كل يوم، لم أدري بما أقول وسألته:

- أين كنت؟

صمت بعدها، نظر لي بتعجب:

- هل تتحدثين معي!

وقتها شعرت بالخطأ والتسرع في الكلام ولم أستطع أن أسحب كلمتي ولم أستطع أن أخفي احمرار وجهي وخجلي منه، نظرت إليه وقُلت:

- نعم أراك كل يوم وأنت تجري على البحر ومعك كلبك من وراء نافذتي المطلة على البحر.

ابتسم وقال لي:

- كيف يراني هذا الجمال ولا أراه؟

خجلت ومشيت بدون أي كلمة، وفي اليوم التالي نظرت من خلف النافذة ولكنه في هذا اليوم كان مختلفًا عن ذي قبل، فظل يرفع رأسه نحو المباني المطلة على البحر وعينه تتطلع إلى كل النوافذ، شعرت أنه يبحث عني فهو لا يراني أنا فقط مَن أراه، فأنا أراه من خلف زجاج نافذتي المغلق..

ظل هكذا لمدة أسبوع يبحث عني بعينه، حتى لا أتحمل هذا قررت أن أنزل لأتمشى على الشاطئ يوم الإجازة..

عندما رأيته اليوم التالي يجري كعادته على البحر نزلت من البيت وتمشيت على البحر، فإذا به يسألني نفس سؤالي له أول مرة:

- أين كنتِ؟

وجهت إصبعي إلى بيتي وشاورت وقُلت له:

- خلف نافذتي.

نظر إليها وقال:

- أنتِ تريني من هذه النافذة؟

قلت له:

- نعم

قال لي:

- نسيت أن أعرفكِ بنفسي أنا أيمن من القاهرة، أعمل محامٍ تحت التمرين وجئت أتمرن عند محامٍ شهير بالإسكندرية وعائلتي مقيمة في القاهرة.

ونظر إليها وسألها:

- ألن تخبريني اسمك؟

قالت له:

- اسمي جميلة، طالبة جامعية

ابتسم وقال:

- اسم على مُسمى..

ابتسمت جميلة بخجل واستأذنت منه وذهبت إلى بيتها، وبعد أن مشيت بضع خطوات نادى عليها وقال:

- سأنتظرك في نفس المكان غدًا في الصباح

هزّت رأسها بالموافقة وذهبت..

عادت جميلة للبيت وهي تطير من الفرح وقلبها يخفق بشدة من السعادة، مسكت القلم وكتبت وهي من عادتها تسجيل اللحظات السعيدة التي تشعر بها، ظلت تكتب وتكتب وكل ما تكتبه هو له، كتبت:

"لم أتيقن يوماً بأني سأخط فيك أحلى الأشعار، لم أكن يوماً أتصور بأنك أحلى الأقدار.. لماذا أنت؟ لما أشعر بأنك ستصير أقصوصة حياتي وسيأتي يوماً وتكون أنت أنا وأنا.. أنت..

لا شيء في هذا العالم يضاهي حبك يا صدفتي الجميلة؛ لأنك أنت الوحيد الذي رسمته في قلبي ومخيلتي يا أجمل أقداري.."

هكذا كتبت عنك في سطوري وأوراقي، وتركت قلمها وذهبت إلى سريرها وكلها شوق للقاء جديد، كانت تتمتم ببعض الكلمات قبل أن تغمض عينيها:

- شوقي إليك أعمقُ من شوقي إلى الوردِ الذي يتفتّح على أغصاني ثم يتساقط ويذبل..

شوقي إليك ربيعٌ مُزْهِرٌ فتّانٌ، موصولٌ بشرياني وشريان فصول العُمر..

جاء الصباح وسطعت الشمس بنورها وحضّرت جميلة نفسها للنزول لمقابلة أيمن والفرحة تملأ قلبها، ولمعان بريق عينيها جعلت كل مَن يراها يشعر بفرحتها..

نزلت جميلة إلى الشاطئ، إذا بها تجد أيمن في انتظارها، أحسّت أن شيئًا ما غريبًا يتخلل كل كيانها وينزع قلبها منها عنوة وهي تنظر إليه ولا تدري ما الذي دهاها، فقد اعتلى وجهها الخجل عندما نظر إليها، أخذت تهرول لتقابله.. ما الذي حدث لها وما هذا الإحساس الغريب تجاه هذا الرجل؟

وصلت إلى منزلها وهي لا تدري ماذا تفعل حتى تتواصل معه وتراه مرة أخرى..

تواصلت معه وكان يحاكيها بالساعات على الهاتف ويحكي لها بعض مشروعاته المستقبلية وتشاركه الرأي فيها، اتحد الفكر والروح وعلتْ النبضات لتعلن عن مولد حب كبير..

نما الحب وأزهر وملأ أرجاء الكون، أحست بحبه الجياش العنيف ورقة مشاعره..

كان حبًا برقّة النسيم، جمعت بينهما أجمل المشاعر..

لم تكن تعلم ماذا يخبئ هذا الحب في جيب الأيام، هل هي أجمل الأحلام أم هي حياة صعبة المنال؟ تُرى ماذا يخبئ القدر؟ هل هما على موعد مع الحياة أم أن الحياة تبخل عليهما بالسعادة والفرح؟

قابلته مرة أخرى وكان سلامًا بالأيدي ولكن قلوبنا سلّمت وسلام عيوننا كان يشبه الاحتضان وكأننا نعرف بعضنا من سنين، وكأننا كنا ننتظر اللقاء وكان كل منّا يبحث عن الأخر..

كنّا نتسابق في سرد الأحاديث وكان الحديث معه أشبه بحلم فوق غيمة أخذتنا لسماء بعيدة، كانت لمساته تداعب وجنتاي ويغضب إن داعبت خصلات شعري النسمات، كانت عيناه تلمع كنجمة اختُطِفت من آخر سماء وسكنت لتراني، كم كانت لامعة حتى أني فهمت همساته وأحاسيسه والعبرات، لم أشأ أن ينتهي هذا الحديث ولكن الوقت سرقنا ولم ننظر إلى الساعة، وفي هذه اللحظة تمنيت أن يتجمد الزمن وأنا معه وتتوقف عقارب الساعة ولا يوجد في هذا العالم سوى أنا وهو، هو آدمي وأنا حوّاءه..

انتهى وقتي معه ولكن لا تنتهي أحاديثي معه، اتفقنا أن نلتقي كل يوم في الصباح.. في نفس الوقت تركته وتركني ولكن كل منّا لم يترك الثاني وكأننا تبادلنا الأرواح، وكأنه أخذ روحي وهو ترك

روحه معي ولم نكتفِ باللقاء.. عندما ذهبت إلى الجامعة طلبني على الهاتف المحمول ليطمئن عليَّ وعبّر عن مدى سعادته بهذا اللقاء..

تكررت لقاءاتنا كل صباح وكل يوم يزداد شغف اللقاء أكثر من اليوم الذي قبله، حتى اعترف كل منّا عن حبه وها أنا وهو نعيش أجمل قصة حب في الحياة وإن قالوا روميو وجولييت وقيس وليلى فاذكروا بجانبهم أيضًا أيمن وجميلة..

فقصة حبنا ليست قصة حب بل عشق..

ومن كثرة سعادة جميلة ظلّت تجوب بنظراتها بين السماء والأرض لا تدري إلى أين تهبط بها طائرة الأحلام، كانت جد خائفة أن تستفيق على صوت الواقع الذي يصم الآذان..

ظللنا أنا وأيمن ننسج أحلامنا بخيوط من حرير وكل منّا يطير مع الرياح كيفما شاء، لا حدود لسعادتنا ولا إطار لأحلامنا.. يعيش كل منّا حول الآخر في سعادة وكأننا في كون آخر..

وفي يوم من الأيام ذهبت إلى الجامعة وقابلت أصدقائي سارة وابن عمي مصطفى، قد لاحظوا أني متغيرة وأن شيئاً جديدًا طرق بابًا داخلي، قصصت عليهم قصة حبي أنا وأيمن، فرحت سارة كثيراً أما مصطفى ما وجدت منه سوى الصمت ورُسِم على وجهه الغضب وبعض الغيرة كانت ملحوظة جداً في طريقة الحديث معه، لم أعلم أن حديثي هذا فتح بابًا من أبواب نيران الدنيا..

كل منّا عاد إلى منزله وأنا دخلت منزلي وجدت أخي وأمي ينتظراني على الغداء كالعادة، أنهيت الطعام معهم وظللنا نسرد الأحاديث حتى جاء موعد نومي، دخلت غرفتي ومسكت قلمي كالمعتاد وكتبت:

"أيمن.. لا أشعر بدفء الأماكن إلا معك، معك لا أكون إلّا أنا.. كما أن الآخرين مكان في طابور ممراتي، وأنت سجدة في قلبي.."

ذهبت إلى النوم حيث تغمرني الأحلام..

صبح الصباح وسطعت الشمس بنورها وحان وقت نزولي لأقابل رفيق روحي كالمعتاد، نزلت في ميعادي والسعادة والشوق يغمرني والفرح يتراقص أمامي، فلقاء الحبيب هو لقاء روحي، وبينما نحن في قمة السعادة اقترب مصطفى والشرر يتطاير من عينيه:

– ماذا تفعلين؟ لن أدعك تجلبين العار إلينا

استمعت له بهدوء ولم أهتم لحديثه وتجاهلت ما يقوله، لكن وجدته أمسكني من ذراعي بقوة:

– لن تخرجي من البيت إلا وأنا معك، هذا أمر من ابن عمك الذي يخاف عليكِ

نظرت إليه باستغراب وكأني لم أراه من قبل، إنه ليس صديقي الذي أعرفه إنه شخص آخر غير ذي قبل، وجدت نفسي أقول له:

– من أنت لتتدخل في أمور حياتي؟

نظر إليّ باستهزاء وقال:

– أخبريني كيف ستذهبين؟

ولكن كل ما كان يشغل بالي أن أبعد أيمن عن مصطفى؛ لأن مصطفى كان يحاول أن يتعارك مع أيمن وكنت أخشى على أيمن من بطش مصطفى..

استطعت أن أبعد أيمن ولم أعطي الفرصة لمصطفى أن يحتك بأيمن.

ذهبت إلى الجامعة ودخلت المدرج الجامعي وإذا بي أجد مصطفى بكل برود يجلس بجواري، نظرت إليه وقُلت:

- لما تجلس بجواري بعد ما صدر منك بالأمس؟ هل انعدم الإحساس لديك؟

رد قائلاً:

- أنتِ ابنة عمي ولن أسمح لأحد للجلوس بجانبك غيري

حاول الاعتذار ولكني رفضت، وتاني يوم نزلت في ميعادي لأقابل أيمن ولكن سيارة أيمن تعطلت فتأخر على الميعاد، انتظرت على الشاطئ وكلي لهفة وقلق عليه.. بنفس اللحظة شعرت بيدين تلتف حول جسدي من الخلف واعتقدت أنه أيمن، استدرت لأجده مصطفى لم أدري بنفسي وكفي على وجهه ونظرت إليه نظرة اشمئزاز منه، ورغم شعوره بنفوري منه وشعوره ببُغض كبير نحوه، لكن رجولته وكبرياءه لا يعترف بهذا الرفض، نظر إليّ نظرة لن أنساها أبدًا وكأنه يقول لي سوف أكسرك وتركني ورحل، جاء أيمن متأخراً ولم أحكي له شيئًا مما حصل ولكنه لاحظ أني مضطربة بعض الشيء..

في اليوم التالي، استغرقت في النوم كثيرًا لأن رأسي كانت تؤلمني قبل النوم وكنت أشعر بصداع شديد، فتحت عيني متألمة بوجع ووضعت يدي فوق رأسي ولا زلت لم أستجمع ما حدث لي بالأمس، إلى أن أتى إليَّ مصطفى بصوته الماكر في غرفتي:

- لما كل هذا النوم يا جميلة؟ أتظنين أنكِ تخلصتِ مني؟ هذا لن يحدث، لن تتخلصي مني إلا وأنتِ ملكي..

طالعته بصدمة، جمّدت جميع أطرافي وظللت ثابتة مكاني بذهول، أسرعت أغطي جسدي بالفراش متمسكة به لأحمي ذاتي وشعرت بالخوف من نظراته المصوّبة نحوي، شعرت أني

كالفريسة التي سقطت إليه ليفترسها ويفعل بها ما يشاء، تلعثمت الكلمات في فمي وإذا بي أقول له:

- ما الذي أتى بك إلى غرفتي؟

وأنا أحاول الزحف إلى الخلف مبتعدة عنه لعلّي أستطيع الهروب من نظراته، لكنه كان يقترب مني بشر مبتسم ويتطلع بنظراته التي أرعبتني خاصةً جسدي الذي كان

شبه عاريًا..

نظر مصطفى لي وقال:

- لما أنتِ خائفة هكذا يا جميلة؟ هل نسيتِ أني أتناول الفطار معكم؟ لقد أخبرت والدتك أن تحضر الفطار ودخلت لإيقاظك، أنسيتِ أن لدينا امتحان اليوم؟

ونظر إليَّ نظرة الخبيث وقال لي أنه يريد مني أن أنسى ما حدث وأنه يتمنى لي الخير، وأن نفتح صفحة جديدة معًا.

كان ردها صادمًا بل هازمًا لغروره:

- ولما لا، لعلّي أجد بك الأخ والصديق القديم

ارتسمت ابتسامة كاذبة على وجهه، ولكن ردها كان بالنسبة له حرق ليس فقط قلبه بل حرق كبرياؤه وإن كان تنازل ليكسبها، فلن يتركها لغيره ولن يتحمل ذلك أنها

تحب أحد أخر..

- ها يا جميل، ما رأيك؟

سألها وضجيج أنفاسه العالية يكاد أن يصُم الآذان، يلجم نفسه بصعوبة لكي لا تعرف نواياه الخبيثة، قبل أن تقول شيئًا اختلفت ملامحها للقلق والخوف منه وعيناها تتسع بذعر ولم تستطع

تصديقه، ولم يكتفِ بهذا بل طلب منها أن تعرفه بحبيبها أيمن ليصبحوا أصدقاء، وافقت جميلة ورحبت بطلبه وقالت له أنها بعد الفطار سوف تذهب لتقابل أيمن على الشاطئ، وبالرغم من ترحيبها هذا إلّا أنها تشعر ببعض الخوف ولكن تقول في نفسها لا بد أنه عرف أن لا فائدة من أفعاله..

نزلت جميلة إلى الشاطئ ومصطحبة معها مصطفى وكان أيمن ينتظرها على الشاطئ في مكانهم المعتاد، عندما رآها آتية إليه هي ومصطفى حلّت عليه حالة من الاستغراب، ولكن نظر إلى وجه حبيبته ليرى الابتسامة على وجهها فاطمئن وسلّمت عليه وعرفته على مصطفى، وتودد إليه مصطفى ليكسب ودةً وظل يتحدث معه في موضوعات مختلفة وكأنه يعرفه منذ زمن، ولكن جميلة تجاهلت أفعال مصطفى ومضايقته لها وظلت تنظر نحوه، لن تلتفت لأي أحد غيره حتى حبيبها أيمن ولن تستثني شيئًا عن كشف حقيقة هذا الثعبان وتعرف نواياه، ولكن أيمن بكل سذاجة اعتبره صديقًا وتقرب إليه وأكثر من ذلك فقد أصبحوا أصدقاء، ولكن جميلة كانت تقف ناظرة إلى السماء وتطلب من الله أن يحفظ لها حبيبها وكانت ترتجف من شدة الذعر، فقد كان يمتلكها شعور خوف من المجهول وكأنها تعرف أن الآتي لا يتحمله قلبها..

أصبحت جميلة في السنة الأخيرة من الجامعة، حبها هي وأيمن يزداد يومًا بعد يوم وقرّرا أن يُظهرا حبهما للنور ويتزوجها، ذهب أيمن إلى والدة جميلة وأخيها أحمد وطلب يدها، رحّبت والدة جميلة وأخيها بأيمن وحددوا ميعاد للزواج وهو بعد تخرج جميله من الجامعة، كانت السعادة تعم على منزلهم وكانت السعادة والأحلام تملأ قلبهم، ولكن عندما سمع مصطفى الخبر تجهم وجهه..

قابل مصطفى جميلة في الجامعة ولم يتملك كتمان غيظه، اقترب مصطفي والشرر يتطاير من عينيه والحقد والغل يرتسمان على ملامحه:

- هل ستتزوجين يا جميلة حقًا؟

أمسك ذراعها بقوة، نظرت إليه وقالت:

- اترك ذراعي، وقالت:

- نعم سأتزوج مَن أحبه

ولكنه سرعان ما غيّر طريقته وقال:

- لما لم تُخبريني؟ وأخبري أيمن أنني تضايقت منه لأنه لم يخبرني

تسرب إليها بعض الارتياح لتحاول أن تلتقط أنفاسها، ولكن كان ذلك قبل أن تتجمد الدماء بعروقها فور أن أردف لها باستفساره، ابتسمت جميلة وقالت له:

- لقد أتى كل شيء بسرعة، أمامنا شهور على الزواج

نظر إليها مصطفى وهو يجز على أسنانه غيظاً:

- ألف مبروك يا جميلة، وفي قرارة نفسه ينوي لها سوءًا..

التفت إلى الخلف، شعر مصطفى بغصة الخذلان تعتصر فؤاده تكاد تزهق روحه ولكنها مع الأسف لا تفعل بل تتركه في جمرات الحياة يتلظى، أغمض عينيه للحظة وهو يتوعد في صمت بأن هذا الزواج لن يتم وسوف يفعل المستحيل لتكون له في يوم..

كانت جميلة في المنزل وسمعت رنين الهاتف، هرولت إليه بسرعة ظناً منها أنه أيمن يريد محادثتها، إذ بها تجد صوتًا مرعبًا يقول لها:

- لن تتزوجي، أيمن سيموت..

صُدمت جميلة وقد تجمدت أطرافها تمامًا وسقطت الكلمات عليها كالصاعقة، جعلت الهاتف يسقط من يدها بعدم تصديق ما سمعته متمنية أن تكون في حلم وما استمعت

إليه هذا وهم، لم تحدث جميلة أحد بما سمعته على الهاتف وظنت أنه شخص سخيف يريد الهزار، وفي يوم كان أيمن يواعد جميلة ليشتروا بعض الأساس لبيتهم وبالصدفة عرف مصطفى، وقبل نزول أيمن من بيته لمقابلة جميلة قُطع فرامل سيارة أيمن، نزل أيمن ليقابل جميلة ولكن وهو يسير بالسيارة لم يستطع التحكم بها واصطدم بشجرة على جانب الطريق وكان مصطفى يسير خلفه، وعندما رأى الحادثة ظن أن أيمن قد مات وجرى على الهاتف واتصل بجميلة وحدّثها وغيّر صوته وقال لها على الحادثة، جرت جميلة على المشفى لتطمئن على حبيبها فوجدته بخير ولكن به بعض الخدوش، عندما رآها أيمن سألها:

- مَن قال لكِ؟ أنا لم أُبلغ أحدًا من أهلي بالحادثة ولم أخبرك لكي لا تخافي عليَّ.

نظرت جميلة مباشرة في عينيه وهي تحاول استجماع ما حدث، ثم نهضت ببطء شديد وهمست بصوت منخفض مرتجف وقد أخذت ضربات قلبها تزداد من شدة الألم:

- أيمن أنت بخير؟

رد قائلاً:

- نعم أنا بخير

- ولكن أنا لست بخير، لا أشعر أنني على ما يُرام أظن أنني سوف أمرض لكن لا أعرف أن أحدد نوع مرضي ربما أثر

الخضة.. أظن أن جزءًا مني قد انكسر، أشعر بثقل فوق قلبي يحبطني جدًا ويحزنني كثيراً..

اتسعت عينيه بذهول وهو يراها بتلك الحالة ولا يعرف ما الذي حدث معها أوصلها لذلك، بث الرعب بداخله شاعراً بوخزة حادة في صدره حينما تابعت قائلة بصوتها المنتحب ودموعها أصبحت تنزل دون رادع:

- انتبه لنفسك جيدًا من أجلي فأنا لا أقدر على العيش بدونك

نظر إليها وابتسم وقال لها:

- وأنا لا أستطيع أن أعيش بدونك لحظة

وأخذها في حضنه ليهدئها، وفي هذه اللحظة دخل مصطفى الغرفة إذ يراها بين ذراعيه جُن جنونه والغيرة، نظر إليه أيمن:

- مصطفى! لما أتيت إلى هنا وكيف عرفت؟

تلعثم في الكلام قليلاً ثم قال:

- لقد أتيت لمقابلتك ورأيت سيارتك قد تحطمت، حمدًا لله على سلامتك

ردت جميله وقالت:

- الحمد لله، لن أتركك مجددًا

تنهدت جميلة وشعرت بالأسى حيال حبيبها وما يحدث معه فقالت:

- لن أقدر أن أتركك هكذا ولن أقدر أن نبعد ثانيةً، لا بُد وأن نتزوج الأسبوع المقبل نظر إليها بالموافقة، ولكن مصطفى كان صامتًا وصُعِق غيظاً وتركهم وذهب.. جميلة بعد أن اطمأنت عليه ودعته بقبلة رقيقة فوق وجنته ثم شرعت في الذهاب، لكن صوت

نادى بقوة أوقفها مكانها.. استدارت إليه ترمقه باستفهام فباغتها مصطفى بسؤال أربك فرحتها كثيرًا:

– تظنين أن تلك الزيجة ستتم؟

أومأت له جميلة برأسها بنعم، ودعته وعادت إلى بيتها وتركته شاردًا وكأنه في عالم آخر..

أقترب موعد الزفاف فكلها بضعة أيام وسنكون أنا وهو تحت سقف واحد، اشتقت لهذا اليوم كنت أطلب من الله أن يجمعني أنا وحبيبي في بيت واحد فهو إنسان صالح يحتويني بكل مقاييس الاحتواء، أشعر أنني ابنته لبعض الوقت وحبيبته وصديقته وسأكون بعد يومين زوجته، يا لها من فرحة تغمر قلبي لقد حقق الله ما تمنيته..

وسرعان ما جاء يوم الزفاف وكل العائلة تستعد لهذا اليوم وكانت جميلة أسعد امرأة في الوجود، وكان أيمن أسعد رجل فقد منّ الله عليهم بالسعادة والحب..

أتى الليل والكل في حفل الزفاف وكان العروسان أجمل ما في الحفل، ولكن واحد فقط لم يحضر الحفل..

وجاءت الساعة الواحدة صباحًا وانتهت حفلة الزواج وذهب الزوجان إلى بيتهم ليبدأ حياتهم الجديدة، وفي تمام الساعة الثالثة والنصف رن جرس الهاتف وكانت جميلة نائمة، رد أيمن ووجده مصطفى.. بكل براءة أيمن قال له:

– أين كنت يا مصطفى، لما لم تأتي الفرح؟

رد عليه مصطفى وقال له:

– أنا في مشكلة يا أيمن، أحتاجك لتأتي إليَّ الآن

رد أيمن:

- الآن! أنسيت أني عريس الليلة كيف لي أن أترك جميلة وأنزل؟

رد عليه مصطفى وقال له:

- ألسنا أصدقاء يا أيمن؟ يجب أن تأتي لمساعدتي الآن ولا تخبر جميلة بشيء ولا أني تحدثت إليك

رد أيمن:

- أنا آتٍ إليك، أين ألقاك؟

رد مصطفى وقال له:

- عند الشاطئ،

حضّر أيمن ملابسه ولكن جميلة استيقظت من النوم وسألته:

- مَن اتصل بك؟

رد قائلاً:

- إنه أحد أصدقائي في مشكلة سأذهب لمساعدته

جميلة مندهشة:

- صديقك مَن؟

رد أيمن:

- صديق أنتِ لا تعرفيه

نظرت إليه جميلة وقالت له:

- حسنًا لا تتأخر سأنتظرك

جميلة لم تقل شيئًا لكن اختلفت ملامحها للقلق والخوف بآنٍ واحد وعيناها تتسع بذعر ولم تستطع تفسير أيًّا مما تستمع وقد انتابها شعور سيء بأن شيئاً سوف يحدث..

ذهب أيمن إلى الشاطئ ليجد مصطفى ينتظره فسأله أيمن:

- ما المشكلة يا مصطفى؟ في ايه يا مصطفى ايه المشكلة،

- انتظر قليلًا يا أيمن وسأحكي لك كل شيء ونحن في هذا المركب

استغرب أيمن وقال له:

- لقد تركت زوجتي من أجل أنا نركب المركب سويًا! أخبرني هنا ما المشكلة؟

ولكن مصطفى صمم أن يركبوا المركب، وافق أيمن وركب وبدأ مصطفى يحكي قصة وهمية وكلما أطال في الحديث يبعد المركب عن الشاطئ حتى ابتعد كثيرًا إلى منتصف البحر، وهنا أمسك مصطفى آلة حادة وضرب أيمن على رأسه وكانت الضربة قوية، سقط أيمن على المركب والدماء أغرقت المكان ولكن مصطفى ظن أنه مات وإذا به يلقيه من المركب في البحر، في نفس الوقت شعرت بغصة تعتصر قلبها فتذهب إلى الشرفة تنظر ربما ترى أيمن وهو عائد من مشواره، ولكنها تسمع جرس الهاتف يرن تجري لترد إلّا أنها تسمع صوت مكتوم يخبرها أن زوجها مات غرقًا، صرخت جميلة وصرخت حتى سمعها الجيران وظلوا يدفعوا الباب حتى فتحوه وجدوها مغمى عليها، حاولوا إفاقتها وبعد أن أفاقت حكت لهم عن مكالمة الهاتف، لبست ملابسها وذهبت وذهب معها اثنان من جيرانها للبحث عن أيمن وذهبوا على الشاطئ، وهناك وجدت جميلة سيارة زوجها فصرخت بأعلى صوت:

- هذه سيارة زوجي..

وانهارت من البكاء ولم يستطع أحد أن يوقفها، اصطحب الجيران جميلة إلى المشفى لأنها كانت في حالة انهيار تام، اتصل

الجيران بوالدتها لتجلس معها بالمشفى، أما مصطفى ظهر وكأنه تفاجأ عندما سمع الخبر فذهب إلى قسم الشرطة هو وأهل أيمن لعمل بلاغ للبحث عن أيمن أو العثور على جثته..

ولكن الله خير الحافظين بعدما رمى مصطفى أيمن في المياه جرفته الأمواج حتى وصل إلى بلد أخرى ساحلية ورمته الأمواج على الشاطئ، ولكنه مُصاب وفاقد الوعي، وجده بعض المارة الموجودين على الشاطئ.. في البداية اعتقدوا أنه ميت ولكن وجدوه يتنفس، أخذوه إلى الوحدة الصحية بالقرية بحثوا بملابسه ليستدلوا على شيء يدل على اسمه أو عنوانه فلم يجدوا معه شيئًا، بينما هو يصارع بين الحياة والموت جميلة تصارع بين الحياة والموت..

ذهب مصطفى إلى المشفى ليطمئن على جميلة ولكن أول ما رأته جميلة صرخت وطردته من الغرفة وبدأت في وصلة نواح وعويل كان صداه لا يُحتمل، اتسعت حدقة عين جميلة وخفقاتها تسارعت وصدمتها جعلتها ساكنة لعدة لحظات في موضعها، لا يبدر منها سوى أنفاس تهدجها، فعقلها عجز عن استيعاب ما نفذ عبر سمعها وما تراه الحين أمام مرمى بصرها حتى أنها حاولت صرف ذهنها عن التفكير وصم آذانها، ولكن بكاء والدة أيمن صعّب عليها الأمر حتى وضعها أمام حتمية تصديق ذلك الخبر المهيب من كافة الأصعدة الذي جعل دموعها تتسابق في الهطول من عينيها، وحلقها يتقطع من صراخها وهي تهتف بانهيار:

- أيمن.. أيمن..

أما بالنسبة للنيابة بعد سؤال الشاهدين على الواقعة من النزلاء المتواجدين معه واتخاذ الإجراءات القانونية وتولّت النيابة العامة مسألة التحقيق، أمرت النيابة بالبحث عن الجثة والتحقيق في القضية..

مرّت أيام وجميلة ما زالت في المشفى، أيام تمر وهي على نفس الحال.. أما أيمن هو الآخر على حالته التي وجدوه عليها، وبعد شهر من الحادثة بدأت جميلة تعود

لرشدها ولكنها كانت ترفض الأكل والشرب ونومها كان متقطعًا تصحبه نوبات من الفزع وبعض الأوقات تستيقظ من نومها وهي تصرخ وتنادي على أيمن، سمح لها الطبيب بالخروج من المشفى على أن تداوم على تناول الدواء، أما مصطفى كان يتابع حالتها الصحية وكان متأثراً بما تعانيه جميلة..

رجعت جميلة المنزل وكان معها أمها ومصطفى وأخيها أحمد، جلس مصطفى مع جميلة وتحدث معها وكان يواسيها تارة ويحاول أن يخرجها مما فيه وقال لها أن

تنسى ما حدث وكأنه حلم مزعج وانتهى، صرخت جميلة في وجهه وقالت:

- كيف لي أن أنسى! أيمن لم يمت وسيعود إليَّ مجددًا

قال لها:

- لقد مات أيمن يا جميلة

قالت له:

- أيمن حيّ وسيعود وسيبقى بداخلي للأبد وفي يوم من الأيام سيأتي لأجلي، قلبي يُخبرني أنه حيّ..

ظن مصطفى أنها تهذي بالكلام وأنها ما زالت متأثرة بالحادث ومع مرور الوقت سوف تنسى وتركها وذهب..

دخلت جميلة غرفتها ومسكت بالقلم كالعادة وكتبت هذه الكلمات:

"أشعر بالحنين إلى لحظاتنا الماضية، وكلماتك الدافئة وضحكتك الجميلة لا تزال تعلو في ذاكرتي، أتساءل دائمًا كيف يمكن أن تتركني في هذا العالم وحدي؟ أشعر بالحزن لأنني لا أستطيع العثور عليك.. لكن رغم كل ذلك لا يمكنني تخيل حياتي بدونك، أنت الشخص الذي أحتاجه في حياتي والشخص الذي يجعل قلبي ينبض بقوة، لذلك سوف أستمر في البحث عنك وسوف أواصل البحث عن الطريق الذي يمكنني اتباعه للوصول إليك، أعلم أن الطريق طويل وصعب ولكنني مصممة على الوصول إليك وسأكون في انتظار عودتك.."

أما أيمن ما زال في غيبوبته، وبعد أيام بدأ يفوق من الغيبوبة ولكنه لا يعرف شيئًا عن نفسه ولا يتذكر اسمه ولا يعرف مَن هو..

جاء وقت خروجه من المشفى وكان الطبيب المعالج لأيمن يعرف حالته فلم يُرِد الطبيب أن يرميه في الشارع فأخذه وذهب إلى إمام المسجد وشرح له حالة أيمن وأنه لا يتذكر شيئًا عن ماضيه، فأخذه إمام المسجد وشغّله عنده في محل العطارة، وأسماه حسن وأحسن معاملته وعُرف أيمن باسم حسن واشتهر بالأمانة وحب الناس له، أصبح إنسانًا جديدًا لا يذكر أي شيء عن الماضي..

أما جميلة عاشت حزينة تغلق الباب عليها بالساعات وإن جلست مع أخيها وأمها لا تتحدث كثيراً ودائمًا شاردة الذهن، وفي كل صباح تنظر على الشاطئ وعلى المكان الذي كان شاهدًا على قصة حبها هي وأيمن..

وفي يوم كانت واقفة عند الشرفة وتتنهد وتتذكر أيامها هي وحبيبها شعرت بألم شديد في بطنها فصرخت بألم على أمها، فأسرعت الأم وأخذتها إلى المشفى وعلى الفور بعد الكشف عليها بشّرهم الطبيب أنها حامل في شهرها الثاني..

فرحت جميلة بالخبر وكانت سعيدة جداً، أما الأم رضيت بقضاء الله وقدره وفرحت لفرحة ابنتها ورجعوا البيت وزفّوا الخبر إلى أخيها الذي فرح لفرحتها وقال لها:

- أنا سأربيه

نظرت إليه بتهجم وقالت له:

- أيمن سيُربيه، أيمن سيعود ويُربي ابنه

سكت أحمد ولم يجادلها، ذهبت جميلة لتمسك الورقة والقلم وتكتب كما كانت تفعل من قبل:

"أرغب في هجر نفسي بعد أن تمكن ذلك الفراق القاتل أن يبعدك عن حياتي، فلم أتصور يوماً أن يجف حبر قلمي وتتصحر أوراقي فلا تثمر مجدداً، ولكن ها هي الحياة تعطيني الأمل وأثمرت زهرة حبنا وأعطتني جزءًا منك داخلي، فأنا على عهدي بك سأنتظرك لآخر العمر، وسوف أرعى زهرة حبنا حتى تعود.. واعلم يا منية الروح غيابك هو الموت حقاً ولكني سأنتظرك.."

وغلبها النوم راجية من الله أن تراه حلمًا، جاء الصباح واستيقظت من نومي وسمعت جرس الباب يرن إذ به مصطفى أتى ليطمئن عليَّ، قابل والدتي وزفّت إليه خبر حملي فإذا به يبارك لأمي وخرجت من غرفتي فكان يرسم السعادة على وجهه وبارك لي، حاول التودد لي وبدأ يُسمعني كلمات معسولة ويحاول أن يكسب مشاعري نحوه، ولكني تكلمت معه بكل قسوة وبنبرة صوت حادة، كلماته لم تكن تستحق كل هذا الغضب ولكنه دائماً يحاول أن ينتزعني من ذكرياتي ويُلقي بي في أحضان واقعه هو.. لكنه لا يعلم كم يؤلمني تقربه مني باستمرار ولم يشعر بغصة الفراق تعتصر فؤادي فتكاد تزهق روحي، ولكنها مع الأسف لا تفعل بل

تتركني أحترق في جمرات الحياة، أحلم أن أغمض عيني أرجو طيفه أن يقتحم أحلامي لأسأله لماذا فارقني؟ لماذا ابتعد عني..

ومرت شهور الحمل ووضعت جميلة ولدًا وكأنه البدر، احتضنته جميلة وكأنه عوض الله عن أبيه وذهب مصطفى ليزورها في المستشفى، ورأى الطفل وأمسكه لكن جميلة انتفضت مفزوعة وهي ترى مصطفى يقترب من ابنها، ورأت ملامح الشر ترتسم على وجهه تنبؤها بنواياه الخبيثة، أمسكت جميلة ابنها بقوة وخبّأته خلف ظهرها وتشبثت بقوة أكبر حيثما دبّ الرعب داخلها وهو يرمق ابنها، ليرتجف جسدها خوفاً على ولدها، رمقها بنظرات مشتعلة وهو يرد باستنكار منفعل:

- ما بكِ يا جميلة؟ كنت سأرى الطفل فقط لا شيء أخر

تلعثمت جميلة في الرد وقالت له:

- إنه صغير جدًا، أخاف عليه

نظر إليها وقال:

- هل اخترتِ له اسمًا؟

وبدون تردد أجابته:

- أيمن

غضب مصطفى وتغيّر وجهه ونظر إليها بحدة وتركها بدون أي كلمة، خرج مصطفى من غرفة جميلة وهو يلوح بيده غير مباليًا لمشاعرها..

مرّ عام وكبر أيمن الصغير، وكلما كبر يكبر اليقين في قلب جميلة أن أباه سيعود وكأنها تنتظره تنتظره من السفر، لم ينقطع الأمل من قلبها ولن تميل لغيره أبدًا وكل شاغلها في الحياة هو تربية ابنها حتى يعود زوجها..

مرّت خمسة أعوام ولم يتزعزع الأمل من قلبها، وأيضًا لم يفقد مصطفى الأمل يومًا أنها ما ستكون له..

أرادت جميلة أن تحسن مستواها الاجتماعي وأن يكون لها دخل أكبر، فكرت أن تعمل شركة صغيرة لتصدير السلع الغذائية للتجار وعرضت الفكرة على مصطفى، التمعت فكرة أخرى خبيثة تضرب عقله فهتف بمكر بعدما ضغط فوق شفتيه بتفكير وقال لها:

ـ لما لا نكون أنا وأنتِ شركاء في الشركة ويكون نطاق التوزيع على المحافظات..

استطاع هذا الثعبان إقناعها بمشاركته لكنها لا تعلم أنه يريد أن يقربها منه، وبالفعل بدأ مصطفى تجهيز الشركة وأصبحت جميلة رئيس مجلس إدارة الشركة أما مصطفى المدير المسؤول عن كل كبيرة وصغيرة في الشركة، ونجحت الشركة بعد عام واحد من إنشاءها نجاحًا لم يسبقه مثيل، وعلا وارتفع اسم الشركة في جميع المحافظات، بينما أيمن أو حسن ما زال يشتغل في محل العطارة.. وفي يوم أصبح لديهم عجز ولم يجدوا أنواع من الزيوت والبهارات، اقترح الشيخ صاحب المحل على حسن أن يذهب للإسكندرية ويطلب من الشركة طلبية زيوت وبهارات للمحل، وافق حسن وسافر تاني يوم في الصباح الباكر إلى الإسكندرية، ذهب إلى شركة جميلة ليتقدم بطلب طلبية فأدخله السكرتير إلى مكتب المدير، وعندما نظر إليه مصطفى صُعِق وثبتت أقدامه ولم يتحرك له ساكن، وبعد صمت لحظات قال له مصطفى:

ـ تفضل يا أستاذ

رد وقال له:

ـ اسمي حسن، جئت لأتقدم بعمل طلبية زيوت وبهارات

ابتسم مصطفى وقال له:

ـ تحت أمرك

خرج حسن من مكتب مصطفى واتجه إلى محطة القطار ليسافر إلى القرية بعد إنجاز مهمته، دخل الشك إلى قلب مصطفى ولم يستطع تصديق الشبه الكبير ده ومكث يحدث نفسه:

ـ أعقل هذا الشبه بينه وبين أيمن؟ ماذا لو كان أيمن بذاته لما لم يتعرف عليَّ ولم يحاول الانتقام مني؟

وهكذا دارت التساؤلات في ذهن مصطفى إلى أن اهتدى لفكرة في رأسه وهي عندما يأتي المرة المقبلة سوف يختبره ليعرف هل هو أيمن أم تشابه في الوجه..

اعتصر الخوف قلبه وخاف أن يكون أيمن على قيد الحياة، قال مصطفى في قرارة نفسه:

ـ لن أنتظر، إنه الوقت المناسب لأتحدث مع جميلة في أمر الزواج

ذهب مصطفى إلى بيت جميلة وهو ينوي النية ليقترح عليها الزواج، فوجئت جميلة بحضور مصطفى بدون ميعاد ونادت على أمها لتجهز الغداء، جلس مصطفى يمهد الموضوع لجميلة:

ـ انظري لي جيدًا، أنا لا أحتمل بعدك عني أنتِ لي فقط وأنا لم ولن أكن لغيرك، أنا أحبك..

أومأت تهز رأسها بالرفض بصمت لم يعجبه، ليشدد بإمساك يدها ويأمرها:

ـ فكري جيدًا يا جميلة، هذه آخر فرصة لكِ إما أن تكوني أو لن تكوني لغيري.. خافت جميلة من حدة نظراته المليئة بالتهديد وأخبرت أمها عن طلبه وقالت لها أنها لن تتزوج رجل أخر غير

زوجها وأنها ما زال عندها يقين أنه حيّ وسيعود، هوّنت عليها أمها وهدأتها وقالت لها:

- لا شيء بعيد على ربنا..

أما حسن أتى مرة أخرى إلى الإسكندرية ليستلم البضاعة ولكنه وصل باكرًا قليلًا، ففكر أن يتمشى على الشاطئ حتى ميعاد فتح الشركة، وفي الوقت ذاته كانت جميلة تنظر من النافذة كما تفعل كل يوم وتنظر إلى المكان الذي كان يجمعها بحبيبها..

وبينما هي واقفة رأت أيمن يمشي على البحر، صرخت بأعلى صوت ونادت عليه بأعلى ما عندها من صوت لكنه لا يسمعها، وحتى لو سمعها فهو لا يعرف سوى أن اسمه حسن، ذهبت جميلة بملابس النوم وفتحت باب الشقة بدون وعي لعلّها تجده..

جريت في الشارع تنادي باسمه وكان جن جنونها والمارة ينظرون عليها وكأنها مختلة عقلية، نظرت إلى الشاطئ تبحث عنه بنظرات الشوق واللهفة ولكن دون جدوى فقد رحل قبل أن تصل إليه، ذهب وراءها أخوها أحمد وظل يلاحقها حتى وجدها ملقاة على الأرض ومغرقة بالدموع، أخذها إلى البيت وصرخ في وجهها:

- ما الذي فعلتيه يا جميلة؟ ألم تري كيف كانت الجيران تنظر إليكِ!

جميلة:

- جيران مَن.. لقد رأيت أيمن يمشي على الشاطئ

أحمد:

- أنتِ مجنونة حقًا، لقد مات أيمن منذ ٦ سنين، كيف للميت أن يعود للحياة مجددًا؟ صرخت جميلة في وجهه وقالت له:

- أيمن حيّ وسيعود، لقد رأيته اليوم.. أيمن لم يمت..

أصابتها نوبة من الصراخ أفقدتها الوعي حتى استدعى أحمد الطبيب وطمأنهم على صحتها وقال لهم:

- لا يجب أن تتعرض لأي ضغط

سمع مصطفى بما حدث لجميلة وفكر في حسن والشبه الكبير بينه وبين أيمن ولكنه

سمع الباب يدق، رد قائلاً:

- تفضل

فتح الباب ودخل فوجده حسن، مصطفى:

- أهلًا وسهلًا يا أستاذ حسن

حسن:

- أنا لست أستاذًا

مصطفى:

- تفضل

حسن:

- شكراً لك، لقد أتيت لأخذ الطلبيات التي قدّمت عليها الأسبوع الماضي

مصطفى:

- بعد أن تنتهي من كأس العصير سأطلب من العمال تحميل ما طلبت

- لا أريد شيئًا، أشكرك

مصطفى وهو يقلب في صفحات الملف الموجود أمامه على المكتب:

- لا، يجب أن تشرب العصير

حسن:

- حسنًا، سأشربه

وفي نفس الوقت نظرات مصطفى كانت تراقبه ليعرف هل هو أيمن أم لا، انتهى حسن من العصير ومصطفى اتصل بالعمال ليحملوا بضاعة حسن..

حسن:

- شكراً لك وشكراً لذوقك

مصطفى سلّم عليه وودعه وقبل أن يصل إلى باب المكتب نادى عليه مصطفى باسمه وقال له:

- انتظر يا أيمن

نظر إليه أيمن وقال:

- أنا لست أيمن، اسمي حسن أنسيت؟

وذهب حسن من المكتب لكن الشك والحيرة زادت أكثر عندما تحدث معه ورأى

طريقة كلامه وحركات يده عن الحديث، أراد مصطفى أن يقطع الشك باليقين ويذهب إلى القرية التي أتى منها حسن ليعرف إذا كان هو أيمن أم لا..

رجع حسن حاملاً البضاعة فرح به صاحب المحل..

وفي فترة الست سنوات الماضية اكتسب أيمن حب أهل القرية وكل منزل في القرية اعتبر أيمن أو حسن كما سمّوه واحد منهم ويعتبرونه وكأنه فرد من عائلتهم، وتقريبًا كل القرية تعرف قصته..

ذهب مصطفى إلى جميلة ليعرف قرارها النهائي في موضوع الزواج منه، وفي تلك اللحظة كانت جميلة تشعر شعورًا غريبًا بأن أيام حزنها قاربت على الانتهاء..

اتجهت جميلة إلى المطبخ وأعدت لها كوبًا من القهوة ثم خرجت إلى حديقة المنزل تستمتع بالهواء النقي وكأنها على موعد مع السعادة..

راحت تدور بسعادة وهي تتنقل بين الورود المختلفة وتشمها دون أن تقطفها..

وفي خضم تلك اللحظات السعيدة التي تشعر بها شعرت بحركة خفيفة خلفها انقبض قلبها ثم استدارت ببطء ظنًا منها أنها تتوهم، لكن تجمدت أطرافها وتشبثت أقدامها

بالأرض عندما رأت مصطفى وتغيرت ملامح وجهها عندما أبصرت وجهه، لكنه ظل يرمقها بتلك النظرات المتفحصة التي جعلتها تشعر بالاشمئزاز..

جميلة:

- لما أتيت إلى هنا يا مصطفى

- جئت لأعرف ماذا فعلتِ

- فعلت ماذا بماذا؟

- في أمر زواجنا

جميلة:

- هل جُننت يا مصطفى، كيف لك أن تتزوجي وأنا متزوجة!

مصطفى:

- أنتِ لستِ متزوجة، لقد توفى زوجك منذ زمن

جميلة:

- لا يا مصطفى، زوجي ما زال حيًّا وسيعود لأجلي أنا وابنه أنا أشعر بذلك

- ماذا تعني بهذا الكلام؟ أريد جوابًا في الحال..

جميلة:

- أنا لن أتزوج أحدًا غير أيمن فهو حيّ بداخلي وسيعود قريبًا

غضب مصطفى وتهجم عليها ومسكها بعنف من ذراعها:

- أنتِ لي سواء بإرادتك أم لا

جميلة:

- هذا لن يحدث يا مصطفى

وغادر بدون أي كلمة ولم يلتفت لما قالته..

مصطفى:

- يجب أن أسافر لأرى ما هي حكاية ذلك الذي يُدعى حسن، وإن كان هو أيمن لن يبقى على قيد الحياة ثانيةً..

وبالفعل سافر مصطفى إلى القرية الموجود بها حسن، وبدأ مصطفى يسأل عنه ويتحسس أي شيء يعرف به الحقيقة، حتى جلس مع رجل من أهل القرية وسأله عن حسن، فقصّ عليه القصة وكيف وجدوه مُلقى على الشاطئ لا يعرف شيئاً عن نفسه، وهنا تأكد مصطفى أنه أيمن وقرر أن يقضي عليه، ولكن إن قضى عليه

جميلة لن توافق على الزواج منه وستبقى تنتظر عودة أيمن، يجب أن تراه وهو ميت حتى توافق على الزواج منه..

سهر الليل يدبر ويخطط كيف يقتل أيمن حتى أتته فكرة في رأسه وبدأ التخطيط لها، اتصل مصطفى بحسن وقال له أنه في مكان قريب من القرية التي يسكنها، فرد حسن:

- أخذت يُعقل تكون بجوارنا ولا تأتي لتأخذ واجبك

لكن مصطفى شكره وقال له:

- لقد اتصلت بك لأعرف إن كان هناك تجار لديهم نقص في السلع الغذائية لتستورد شركتي طلباتهم..

حسن:

- نعم يا سيدي، يوجد الكثير

مصطفى:

- إذن سجل طلباتهم وأسمائهم وأحضر لي كشفًا بذلك

حسن:

- حسنًا يا سيدي..

مصطفى:

- سأكون موجودًا بعد يومين سأتصل بك وتُحضر لي ما قُلته لك

حسن:

- حسنًا

رجع مصطفى إلى الإسكندرية وكل شاغله هو امتلاك جميلة بأي طريقة، اتصل بجميلة على الهاتف وقال لها:

- جميلة أعتذر منكِ، أتمنى أن تسامحيني على معاملتي لكِ آخر مرة قابلتكِ فيها

جميلة:

- حسنًا يا مصطفى لقد نسيت ما قُلته

- لكن ذا لا يعني أني سحبت طلبي

أراد أن يشتت فكرها ويبعد عنه أي تفكير أو شبهة بعد أن ينفذ جريمته:

- أنا سأسافر إلى القاهرة سأبقى هناك لأكثر من يوم سأترككِ لتُفكري في أمر زواجنا، لن أضغط عليكِ وأتمنى أن تنسي ذلك المدعو أيمن

جميلة أغلقت الخط بدون حتى أن تقول شيئًا، وبعد يومين اتصل بالفعل حسن بمصطفى..

حسن:

- سيدي لقد أحضرت كشف بأسماء التجار المحتاجين بضاعة

مصطفى:

- أحسنت يا حسن، أحضر لي الكشف وقابلني في البرج الذي أمام البحر بعد ساعة

حسن:

- حسنًا يا سيدي

أراد الخبيث الماكر أن ترى جميلة جثة أيمن للتخلص من يقينها وتتأكد أنه مات، وفي الوقت نفسه يتصل بجميلة ويغير نبرة صوته ويقول لها أن أيمن حيّ، لم تصدق جميلة ما سمعته ولم تستطع أن تسيطر على فرحتها فزفّت الخبر لأخيها

وأمها، ولكن أخيها قال لها:

- انتظريني حتى أعود من العمل وأسافر معكِ لنرى إن كان هذا الكلام صدقًا أم كذبًا..

ولكنها لا تتحمل الصبر، فرحتها بحبيبها الذي بين ليلة وضحاها أصبح المستحيل ممكنًا، جريت بدون توقف واستقلّت سيارة لتذهب بها..

وصل حسن إلى المكان واتصل بمصطفى..

مصطفى:

- أنا أنتظرك في الدور الأخير من البرج يا حسن

حسن:

- حسنًا يا سيدي..

ضيق عينيه عليه وسأله بصوته الرخيم:

- لا يوجد سبب أخر بتبقى على قيد الحياة، تأجّل موتك ٦ سنوات حتى تموت الآن..

همهم حسن باستغراب ولم يفهم شيئًا..

- إلى الآن لم تفهم!

في تلك اللحظة استشعر من نظراته الحاقدة أنه تجرد من قناع الثبات الذي يرتديه وقناع الطيبة وسقطت كل الأقنعة حتى ظهرت مشاعره الدفينة، ممّا جعله يحك مؤخرة عنقه ويحيد ببصره عنه

ولكنه ما لبث أن عاود النظر له حينما تكلم أيمن بنبرة صوته الطيبة..

أيمن:

- أشعر أني رأيتك من قبل يا سيد مصطفى، أنت تعرفني وأنا أعرفك

مصطفى:

- يا ليتك لم تعرفني، فأنت النقطة السوداء بحياتي

أيمن:

- هل لي أنا أسألك سؤالًا؟

مصطفى:

- قُل ماذا تريد

- أريد أن أعرف مَن أنا

مصطفى:

- وهل تفرق معك إن عرفت مَن أنت؟ فأنت ستموت بلا شك، وعلى أيّة حال هو أيمن وكنت محاميًا في الإسكندرية

أيمن:

- ولما تريد أن تقتلني؟

مصطفى:

- لأنك أخذت مني حياتي، تزوجت ابنة عمي وحبيبتي..

- أنا متزوج!!

مصطفى:

- نعم ولديك منها طفل، كنت أود أن يكون هذا الولد ابني وليس أنت

أيمن:

- وأيضًا لديّ ولد!

وسرعان ما مرّت أمام عينيه صورة جميلة..

أيمن يحك رأسه بشدة وكأنه يعصر جبينه ليتذكر ما حدث له، الأحداث تأتي إلى رأسه متخبطة وسريعة..

بدأ يتذكر بعض الأشياء وفجأة نادى بأعلى صوت:

- جميلة..

التفت إليه مصطفى وكل ملامحه تهجمية والغدر يبدو واضحاً عليه، صدحت ضحكاته بغل وعدم صبر وهو يردف قائلاً بعنف:

- خائف مني؟ فلتمت وتختفي من الدنيا، أنت لا تعلم كيف هي حالتي بسببك، أصبحت كالحطام الخاوية لا أقدر على العمل ولا إدارة حياتي، يجب أن تنتهي لكي أعيش..

أيمن يسأل مصطفى:

- أين جميلة؟

يرمقه مصطفى بحدة ويقول له:

- لا تذكر اسمها على لسانك مرة أخرى

ويجري نحوه بسرعة كبيرة ليمسك به ويلقيه من فوق البرج، لكن أيمن انتبه إليه فابتعد عنه فهوت قدمه إلى الأسفل ولكن أيمن تشبث بيديه لينقذه.. وفي تلك اللحظة

أتتِ جميلة لترى ذلك المشهد وصرخت بأعلى صوت..

انتفضت مفزوعة وهي ترى حبيبها يقترب منه الموت مجدداً، صرخت:

- انتبه يا أيمن حتى لا تقع

أيمن:

- جميلة.. لا تتقدمي

ومجدداً عندما رآها مصطفى تشبثت بقوة أكبر حيث استطاع أيمن إنقاذه، لم يلتفت إلى أيمن ولم يوخزه ضميره لحظة ولكنه نظر إلى جميلة عندما رأت نظراته دبّ الرعب داخلها وهو يرمقها بوعيد ليرتجف جسدها خوفاً من بطشه..

مصطفى:

- لقد أخبرتك يا جميلة بأنكِ لن تكوني لأحد غيري

- وأنا قد أخبرتك بأني لن أكون إلّا لأيمن..

- إذن لقد حكمتِ عليه بالموت

جميلة:

- يجب أن تأخذ روحي أولًا

وتظلل على حبيبها بظهرها لتحميه وأيمن يبعدها من أمامه، وفي تلك اللحظة حاوطها أيمن بذراعيه وكأنه لا يوجد غيرهما..

شاهد مصطفى مدى حبهم لبعض وكلّ مستعد أن يضحي بنفسه من أجل الآخر، فإذا به يلقي بنفسه من فوق البرج.. صرخت جميلة عندما رأت مصطفى وهو يلقي بنفسه واحتضنت أيمن وقالت له:

- كنت أعلم بأنك ما زلت على قيد الحياة وستعود من أجلي..

كان اللقاء بينهما مفعمًا بالحنين بعد رحيل سنوات حيث كان حديث الصمت بينهما يثرثر ويبوح أكثر من الكلمات..

تاه بعناق عينيهما التي غرقت بالدمعات وكان الرجاء حليف المقل بحروف تستجدي البقاء حين قال لها:

ـ لا تغربِ أبدًا، لا تبتعدي فأنتِ الهواء والماء.. أنتِ كسب القلب وأزهار ربيع العمر..

قالت بلهفة:

ـ عن أي بعاد تتحدث يا نبضي فأنا لا أحيا إلا بنبضك ولا أتنفس إلا عطر أنفاسك..

وأخذها أيمن ورجع إلى بيته وكان في استقباله ابنه أيمن وكل أسرته..

هكذا استطاعت جميلة العيش بسلام وسعادة بعد سنوات من العذاب والصعوبات، وجدت جميلة وأيمن طريقهما معًا مرة أخرى.. كانا يحبان بعضهما حبًا عظيمًا لكن الظروف فرّقت بينهما، ومع ذلك لم يتوقف الشوق والحب لبعضهما..

ظلت حياتهما مليئة بالسعادة والحب والإنجازات المشتركة، وبفضل حبهما الذي لا يُقدر بثمن تمكنا من تجاوز الصعوبات والتحديات والعثور على السعادة التي طالما رغبا فيها.. وهكذا عاشا حياتهما معًا محاطين بالحب والاحترام والتقدير، وعرفوا أن الحب هو القوة التي تحرك الحياة وتجعلها تستحق العيش..

أعطاهم الله ثمرات حبهم وهي أولادهم الذين حرصوا أن يربوهم على الحب والمودة..

مضمون الرواية

وفاء الإنسان لحبيبه هو من أجمل الصفات التي يمكن أن يتحلى بها الإنسان، وفي حالة الأنثى التي تنتظر حبيبها وتحمل أملًا بعودته، فهي تعبر عن إصرارها على البقاء معه وتقديرها لهذا الحب..

قد يكون الانفصال أو الانتظار طويلاً وصعبًا، ولكن إيمان الأنثى بأن حبيبها ما زال حيًا وسيعود يجعلها تنتظر بصبر ويقين، وهذا يعبر عن الثقة التي تملكها الأنثى في علاقتها وفي قوة حبها..

من المؤكد أن هذا الوفاء والإصرار ينمو على الحب الحقيقي الذي يتجاوز الزمن والمسافات، وعندما يعود الحبيب، يكون الانتظار والصبر والإيمان جميعها قد جعلت هذا الحب أكثر نضجًا وأعمق وأشد إيمانًا، وهذا يعني أن العلاقة بين الأنثى وحبيبها ستكون أقوى وأكثر استقرارًا، وستستمر لفترة أطول في المستقبل..

هذه الرواية للعظة والإيمان بأن الأنثى إذا أحبّت تحدت العالم من أجل حبيبها..

ما أجمله وفاء الأنثى..